生長

教育詩箋

涂丽华 / 著

中国文联出版社
http://www.clapnet.cn

图书在版编目（CIP）数据

生长 ： 教育诗集 / 涂丽华著. -- 北京 ： 中国文联出版社，2020.5
ISBN 978-7-5190-4292-9

Ⅰ. ①生… Ⅱ. ①涂… Ⅲ. ①诗集－中国－当代
Ⅳ. ①I227

中国版本图书馆 CIP 数据核字(2020)第 076821 号

生长 ： 教育诗集
SHENGZHANG:JIAOYUSHIJI

作　　者：涂丽华

终 审 人：朱彦玲　　复 审 人：胡　笋
责任编辑：蒋爱民　贺　希　　责任校对：谢　宁
封面设计：小　马　　责任印制：陈　晨

出版发行：中国文联出版社
地　　址：北京市朝阳区农展馆南里 10 号，100125
电　　话：010-85923062（咨询）85923000（编务）85923020（邮购）
传　　真：010-85923000（总编室），010-85923020（发行部）
网　　址：http://www.clapnet.cn　　http://www.claplus.cn
E - mail：clap@clapnet.cn　　hex@clapnet.cn

印　　刷：北京虎彩文化传播有限公司
装　　订：北京虎彩文化传播有限公司
本书如有破损、缺页、装订错误，请与本社联系调换

开　　本：880×1230　　1/32
字　　数：70 千字　　印　张：6
版　　次：2020 年 5 月第 1 版　　印　次：2020 年 5 月第 1 次印刷
书　　号：ISBN 978-7-5190-4292-9
定　　价：35.00 元

目 录
CONTENTS

心乱

2015/4/3

你不经意地拨弄八音弦
奏响灵魂的和音
宁静
只在刹那之间
执念
使我跌入更大的纷乱

爱恋

2015/4/13

你令我一时眷恋
我许你百世情缘
此生之后与你死生相随
你留你的红尘
我回我的天堂
我熙怡自得
你亦自由欢畅
尚可相守的时光里
我们相濡以沫
欢爱真常

催眠曲

2016/3/15

大熊大熊加油啊
努力工作娶妻养娃
不做不行压力大
熊妈妈还在盼着他
北极星眼睛眨巴眨巴
小熊看着瞌睡虫爬
四仰八叉床上趴
呼噜呼噜睡觉啦
超级大笨熊记得睡前来检查
确定小坏熊没被大灰狼叼走呀
小熊可是大熊的心肝宝贝啊
啦啦啦啦

一见钟情

2017/3/9

一见钟情
你不必惊讶
此次不过是
从前无数次偶遇的巅峰
别离
你无须忧伤
兜兜转转只为
下次更好地再见

春 思

2017/3/15

暖暖的风中蜜香醉人
一期一会花期将尽
樱桃林中落英缤纷
莫在树下迷醉踯躅
只管风雨兼程 奔赴光明
血红香甜的樱桃需要饱餐风霜雨露
异熟

偶遇

2017/4/2

快递送来了偶遇
孩子的我急切地层层撕开
紧张的双手生怕扯烂了包装
砸碎了期待

成年的我研究再三
评估 打量

年迈的我袖手在旁
微笑颔首
仿佛一切早已了然于胸

嘘！命运总是这样
百玩不厌
一个结束就是下一个开场
最后到来的偶遇名叫死亡

我早已悄悄准备好
照晤之时
在最佳击球点
来一个迅疾的反手
扔拍 扬掌

小木匠

2017/4/25

我梦见小木匠
又制造了精美的茶具
挖了小勺
涂抹了彩蛋
我蹑手蹑脚地溜过
生怕被她发现
为了吃得精致 穿得漂亮
我竟将儿时一起玩过的游戏
忘了个精光

初见如莲

2017/4/30

真诚
素朴地存在于时间
历史令人语乏词穷
缘生缘灭
始终如一
方是初见如莲

春 夜

2017/4/30

春风和暖
蛙鸣成片
紫藤花儿遮盖了家园
别去想出征海洋
登攀高山
来！戴上那垂柳编织的花环
爬上月牙儿船
沉入梦乡
在明净的星空里 酣眠

害虫

2017/5/24

世上有种可恶的害虫
不是毛毛虫
而是跟屁虫
它口蜜腹剑
点亮了城市的霓虹
烤坏了我的星空
弄馊了我的晚风
搅扰了黑纱帐里的鸟奏虫鸣
还让我揪心地看着
我的月牙儿
不是缓缓地进入梦乡
而是无法挽救地坠入火海
关了 关了
大笨虫
我要在黑夜的声色里睡觉
晨起
才能精神饱满地在阳光下玩闹

猎 人

2017/8/4

题诗：我是我自己追逐一生的猎物

我是一个猎人
虽然我的父母兄长都是农民
几岁的时候
我就显露出猎人的倾向
农田 水塘 树上
都是我习练狩猎的课堂
中年之后
我才知道狩猎是我们祖先首创的本行

我是个见异思迁的猎人
尝尽某种猎物的味道之后就会转向
上天入地 一心寻找
送上门来的笨猪呆鸟
我也懒得拾捡 果腹御寒
最紧要的事情

是专心地趴在地上观脚印 嗅气味
分析猎物的行踪喜好

空手而归的时候
我会去邻人家乞讨化缘
他们不像我异想天开 好高骛远
勤勤恳恳　收集田野一粟一稻
捡拾路边　一鸟一蛋
所以夏葛冬裘 酒肉丰满

我是个不务正业的猎人
奔跑追猎的时候
时常痴迷于偶遇的香花异草
整天整夜　躺在山林树下
听风抚草木　看云吞星月
独自沉醉　白痴一般
自家灶膛　冷火秋烟
听到饥肠辘辘当作松涛鸣响
邻人撞见　摇头悲叹
就地取材　教育自家儿女
“儿啊！你们可别像他一样 百无一长！”

我径直进屋 逍遥仰躺
炕上晒过的稻草
喷涌出太阳的味道 好香
我鼾声雷响　搅扰了邻床

梦里 我在奔跑
看到了　看到了
我追赶的猎物　周身笼罩着神秘的光圈
就在前方 一步之遥
和着奔跑的节律
我开怀大笑
笑声击打胸腔 震颤双肩
将我拖出了梦乡
哈哈哈！哈哈哈！
被我吵醒的我　仰着脖子
看到屋檩上的扬尘 簌簌下蹿

30 岁那年
狩猎的口味突然转变
以往的猎物
食时鲜美 余味薄浅
我要寻找传说中的终极猎物
据说它难于捕获 味道丰美 回甘悠远
它机灵无常
毫无规律可言
它时常声东击西
诱我一次次跋山涉水 最后却无功而返
有次苍天有眼 它失足落入陷阱
枪口之下 它泪水涟涟
“此时煮食 我肉苦酸 安乐死后 我味甘甜”
思忖之间

只见它一跃而起　跑得飞远
我捶胸顿足
只听它大笑拊掌
说我蠢笨异常

途中 我还遇见其他的猎人
他们跟我一样 风餐露宿 形容枯槁
只为追捕同一个对象
我们誓死狩猎这个狡猾的家伙
除了欲尝其甘美
还为了将来能在墓碑上铭刻下
名副其实的光荣称号——猎人
那些放下猎枪 不再追逐新奇猎物的
成了农民
他们年复一年 种植与捡拾稻粮
过着无忧的富裕生活
只有那些不顾饥饱无常
誓死追捕这个终极猎物——他自己——的人
永远叫猎人

我不喜欢匆忙

2017/9/12

我喜欢劳作
甚至不知疲倦
我不喜欢匆忙

人们总想着宏大的未来
未来还没有来
忙碌就毁掉了现在
可我 永远没有未来
只有现在
我不喜欢匆忙

我喜欢日出而作
慢工细活
伴着鸟虫呢喃 风儿咏叹和脉搏铿锵
我不喜欢匆忙

我喜欢日落而回

揣着完整的好奇心 变换菜式 更改调料
细细品尝饭菜的味道
我不喜欢匆忙

现在 就轻柔地回到从前
作别匆忙

播种

2017/10/17

我走出湖畔
遁入高山
不见世间繁华
未晓寒来暑往
生命吁求辟土开疆
不断品尝
命运送我进沙漠
令我营造绿洲
装点尘寰
供养清凉
不计兴衰成败
任它春短夏长

风雨

2017/10/18

吃饱 睡好
不生气 少烦恼
可长生不老
生命的长度
不在时间
而在丰厚 微妙
即便不能
疾速奔跑 绚丽燃烧
也要每天
激情 美好
否则不如早早退场
结束此遭

霜降（一）

2017/10/19

昨夜
秋雨如刀似剑
裘衾寒凉 万物残
倔强的石头
步履蹒跚
蹚过水火二河
噙住的眼泪
是用来制造海洋
还是浇灌深山？

霜降（二）

2017/10/19

暮鼓漫过三千界
夜茫茫
砚上的笔
任其凝干

破土

2017/10/21

我在等待
那个无欠无余
仅能包容我的胸怀
任我把它泪成海洋
它若不来
我就让自己长成峻岭崇山

生长（一）

2017/10/25

寒冬将至
万物凋残
奔涌的热血
慢慢干涸
最后一滴
败给了严霜

生长（二）

2017/10/26

听到
水晶碎裂的声音
以为
会重现远古的洪荒
不料
却成了璀璨的星空
坠落的眼泪
是星光

你的名字

2017/11/11

世上最动人的情话
是你的名字
古老 苍凉
我念兹在兹
却欲唤又止

朋友

2017/11/15

你静静地躺在床上
眉宇间的寂寞
冻伤了我的眼睛
墙上英姿飒爽的你
也无法消融寒冰
世间的功名利禄
怎及得上耳边的一缕温存
如果婚姻是一场赌博
你俩都输了个精光
退场之前
你可遇到来世的赌徒
备好双赢的牌?

离开

2017/11/17

蹑手蹑脚地离开
不带走
不留下
不惊扰
亦不离开

重逢

2017/11/19

伊甸园里
赏罚如一
尘点劫里
失散 流转
你我重逢在秋天的绚烂
双目对视
燃起的炽焰
焚孤独成灰
余生如烟
是该感恩绵延
或是仅仅无语慨叹？

两个小孩

2017/11/22

巫婆是森林之王
她用咒语诱骗 圈禁了天真的小孩
他的玩伴在笼外 焦急等待 团团直转
他们本可一起打猎 种菜 游历山川
听风看月 观斗转星移
她说解禁的咒语就在他自己心上
他却执拗地等待巫婆来将他释放
他在笼中眼泪汪汪
她在笼外踯躅心伤
抬头一看
彼此都已白发苍苍
百千万劫思虑彷徨 相互纠缠
今生又在犹疑中星散

清晨不再寂静

2017/11/28

清晨时分
青灯黄卷　空山幽冥
清晨不再寂静
大千世界　涛涛松鸣
侧耳倾听
却一无所闻

距离的美（一）

2017/12/5

距离
产生
美丽 自由 安全

距离的美（二）

2017/12/6

据说
距离产生美
可是
距离也会隔阻语言
降低温度
解散依存
令生命受阻、寒冷和残缺
亲手扼杀它亲生的美

寂静的考场

2017/12/6

考场寂静
无人监考
一人应试
一份试卷
一道题
选 A　死
选 B　死
选 A 和 B　死
不选 A 和 B　亦是死

期限至
云淡风轻 交了白卷
五脏摧碎 血泪枯干
不能放舍 选择百般

答案站起来
谋划了舞弊

偷梁换柱 改了答卷
完美的答案
掩盖了事实的真相
却呈现了生命的本原
残缺

考场寂静
出题者
应试者
阅卷者
同一人

放手 放手

2017/12/6

双眼干涩

头昏脑涨

神思不宁

气短心慌

往来疲极

皆因那一丝温暖

放手 放手

我要一无所有

宛若不系之舟

无言

2017/12/6

我喋喋不休
万语千言
你可曾见
那被阻隔的思念
闭上双眼
相拥入眠
还如往昔
梦里相见

守残

2017/12/6

不能求全
何不守残
拣择难周全
坚持亦是缺陷
承受无价
留有羞惭
无须坚强
随时服软
唯一所愿
顺其自然

起床 起床 小木匠

2017/12/7

起床 起床 小木匠
我要跟你去游玩
你的双手
干枯皴裂 铁锈斑斑
竟将沙漠变成绿原
令我呼吸自由欢畅
你的双臂
是我港湾为我翅膀
容我栖息助我飞翔
你的双眼
识我孤独见我短长
给我温暖护我周全
起床 起床 小木匠
我要跟你去游玩

幽怨

2017/12/11

日月轮转
无限的我
在星汉之外
伸出手
也握不住
那缕绵延久远的无常
唯有观望 悲叹

我在此间老去

2017/12/12

独行道上 水火蔓延
每走一步都要投掷一块石头
踏上去　再投掷一块
如是奠基 如是前行 如是绵延
四周灰蒙蒙 荒芜一片
莫顾左右 低眉顺眼
踯躅前行
我在此间老去

我嫉妒

2017/12/14

我嫉妒你的衣服
它能时时将你包裹
我嫉妒你的床
它能每夜拥你入怀
我嫉妒空气
它能进入你的五脏六腑
我嫉妒水
它是组成你身体的 70%
我嫉妒时间
它掌握你的寿命
我嫉妒空间
它使你无处遁形
我嫉妒天地
它能将你覆盖与承载
……
我嫉妒我能嫉妒
是谁给了这个嫉妒的我这么大的能量
竟然炽爱到与天地万物为仇？！

投降

2017/12/27

来时的路
走了好久好长
你身心疲惫
好冷好迷茫
准备举手投降
其实
放弃比坚持更艰难
加油加油
置心一处
无事不办

拂晓时分

2017/12/29

为了新鲜空气
所有的窗子都开了
风刮过来
灯灭了
屋子陷入黑暗
伸手不见五指
别怕
看 东方开始发白了
别动 不用点灯
不如就此在黑暗中
静静欣赏朝阳初升
与天地同时步入光明

凝望

2017/12/30

我凝望你的双眸
溢出了万古的悲愁
欲说还休

春日晨起

2017/12/30

每一次的悸动都是美妙的旋律
从美梦中醒来
窗外 雨正欢

念 处

2018/1/10

一念所及
抖落了一身的寒意
那风从何处来
丛林幽僻处

磨人的小妖精

2018/1/13

每天
第一缕光明 来自你的眼神
第一丝温暖 印染我的双唇
第一声婉转 是你将我轻唤
山河大地无不是你的身形
风声水响是你在我耳畔低喃
你绕我旋转的轻盈舞步
能不能停止刹那
给我留出 丝毫无你的空间
你这个磨人的小妖精

亲爱的 你去问问时间

2018/1/18

亲爱的 你去问问时间
确定现在还没有下班
我的等待 百千万劫那般漫长
你却还在工作中深陷
大火焚遍三千界
劫水已漫长寿天
我在将你苦苦期盼

亲爱的 你去问问时间
确定现在还没有下班
他若没有出错 你便令他出错
调快时间 世事打烊
我在将你苦苦期盼

梦 境

2018/1/18

读着诗 嘴角微微上扬
会心的微笑 掩藏不住
记录着诗句 激情奔驰在眉目间
火焰在燃烧
心念及处 捂住口鼻
响彻三千大千的呼唤
从密实的指缝间 喷落而出
变成文字
此时
那个一半是自己一半是梦的人
完整地 活着

雪夜归

2018/1/20

温暖的烛光下
你眼眶周围的皱纹和疲倦
渐深渐浓

我趴在窗台上探望
寒冷的路灯下
穿过你孤单的身影
冰天雪地里盈溢着 天长地久的味道

永 恒

2018/1/21

你开始鹤发鸡皮 老态龙钟
皱纹 疲倦和尘垢
累积厚重
唯独眼神
尘点劫的打磨
依然纯真
当它闪耀时
我的世界便能在纷扰中
岿然不动

飞天

2018/1/21

人类的祖先不是猿 是飞天
他们来自天外
飞入尘劳 浅浅地 不着垢染
一切时中 扬起琵琶 奏响天籁
鼓动双翼 飞向苍穹 衣袂翩翩
他们来去自如 无着无碍
所行之处 香花供养 星光灿烂
那些贪恋红尘的 泥足深陷
摔碎了琵琶 折断了翅膀
从此脚踏大地 仰望星汉
只在梦里 回到从前

离 去

2018/1/23

你绝尘而去

把我远远地抛在身后 彷徨

沉重的门 推开 合上

罅隙之间 泄露出一丝千年的夕阳

感冒

2018/1/23

风从何处来
裹着一股魅惑的花香
令人晕眩
迷醉的人 忘了自己衣薄体单
香风刮骨而过
着凉 感冒 发烧 梦呓 坐卧不安
老兄 感冒可是万病之源
无人能接种 免疫 离难

思梅

2018/1/23

已经大雪纷飞 冰天雪地
不见寒风中神采奕奕的蜡梅
遥望金陵 我害了一场相思病
亲爱的 你说 没有闻过馥郁的梅香
怎么能算历经了寒冬

放假 放假

2018/1/24

放假了
赖床 玩耍
花前烛下
字里行间
在纵情中归隐
虚掷年华
恼人的 莫管它

大 雪

2018/1/26

天地在酣眠
白衣白衫
呼吸平稳 簌簌作响
身外空无一物
心内的蜡梅开始怒放
每一丝芬芳都灿着星光
肆无忌惮

小马啊小马

2018/1/30

初次相见 你灰头土脸
说话磕巴 令我不爽
小马啊小马 你是一个寡淡的徐娘

音符休止在琴弦
交往被时空截断
你靠近我 想抚慰我的伤感
你不久前还在断肠
小马啊小马 你是一个善良的姑娘

我们喝茶 包饺子 在风雪里漫步
聊着童年 爱欲 生活和文化
你直白 深邃 令我惊叹
小马啊小马 你是一个特立独行的姑娘

你不会家务 不擅打扮
不要命地投入爱情和梦幻

你霸道 任性 自私 尽兴 毫不虚谄
语言文字是你存在的模样
小马啊小马 你是一个绝美的姑娘
老哥才会痴迷流连在你身旁
我也一样

倦归

2018/2/6

形单影只
走了好久好长
饥寒困苦
遍体鳞伤
悲咽无言
我要泊进风平浪静的港湾
只在风和日丽的时候
探头张望
外面的风光

你是我的缺憾

2018/2/7

我太自由 需要系缚
我太灵动 需要朴拙
我太多变 需要恒常
我太轻盈 需要稳重
我太孤独 需要交融
我太刚烈 需要柔和
我太自我 需要无我
……
你是我的缺憾
令我完整 残缺 遗憾

哥 哥

2018/2/9

哥哥 那响彻大千世界的笑声
可是你在庆喜自己回归了真正的家园？
哥哥 欢畅地吐纳
可有久别重逢的愉悦？
哥哥 那些为你忙前忙后的家人
可令你幸福温暖？
哥哥 那些经你打造的华屋
里面生活着安居乐业的男女
可令你心满意足？
……
哥哥 走吧 别流连
人在生死爱欲之中　独来独往
不过是此处缘尽 彼岸花开
万念放下 还归安养
彻穷后际 离苦得乐
待缘成熟 还度娑婆

（才下了两场雪，这个冬天就没了，无常真是迅速！那个勤奋劳作与思索的人，在踏实地走完自己的春夏秋冬之后，怀着谦恭的心，静静地退场了……）

爱 死与痛

2018/2/10

你腾空而起 御风而去
解脱 自由 大笑 歌舞
深爱你的人
万箭穿心 五内俱焚
痛 无法言说
久久不能弭散
生死同时 苦慧等持
召唤洪荒的风
缓缓吹醒这痛死过去的生
慢慢点亮心灵的慧光
不 死即是生 痛即是光明

寒 冬

2018/2/11

你盖着厚厚的被子
睡得好沉好香
万物都被你凋残
天地都为你止语
你真的累了
你曾在春天发芽
春雨一次一次劈头盖脸地砸向你
春风一次一次要将你连根拔起
你借着生长之势
接受了风雨雷电由温柔转粗暴的洗礼
又在酷暑炎夏懂得了什么是忍耐
收获的金秋既给了你沉甸甸的喜悦
也让你品尝了无法言说的落寞
梧桐的最后一片叶子掉下来
你知道 冬天终究还是来了
你若有所思 欲言又止
像是接受命运 又像是选择

静静地躺下 盖上厚厚的被子
合上深邃的双眼
你是沉睡 还是若有所待

春 来

2018/2/12

谁在耳旁呢喃 将我呼唤
那一声娇憨
仿佛还惊惧着昨天的严寒
别怕
风儿已经和暖 阳光开始灿烂
梦境依稀
醒来 就不去细想
别束手束脚
轻车简从
春夏秋冬 四季轮转
阳光雨露 一一遍尝

我是我自己

2018/2/12

有时做某些事
不是因为喜欢
不是因为高尚
只是想一一体认
它如何吞噬我的时间 精力和生命
静静等待达到那个量
我再奋起反叛
我是我自己的小白鼠
我是我自己的玩具
我是我追逐的猎物
……
我是完整的我自己
我彻底地不是我自己

阳 光

2018/2/12

你静静地伫立
透过云层照下来
土壤开始慢慢回暖
种子打着哈欠 伸手伸脚
故意撒娇 闭上双眼 不去回望
花儿在心中怒放
蜜语开始轻吟浅唱
千万不要移开你的视线
生命 需要阳光

无题

2018/2/13

苦乐之间的迭变
生死之间的涅槃
天地之间的回还
惊心动魄 星光灿烂

我如何才能得偿所愿

2018/2/13

我如何才能得偿所愿
命运待我如此悭吝
经常故意捉弄我
令我淡漠我所能 痴迷我无能
所能令我觉得乏味无益
不能令我倍感饥渴缺憾
我如何才能得偿所愿
心满意足 度过余年

相思

2018/2/13

两个傻子
狭路重逢
一见钟情
我为你写诗 朗诵
你为我打扫 烹煮
清炒莴笋 香煎蛋饼
粗茶淡饭 其乐融融
相互取笑 惊醒春梦
梦中非无 觉来孤零
一滴清泪 飘散无痕
吹烛入眠 勿梦至晨

无所事事

2018/2/14

我看见 海涅躺在巴黎博物馆门前的地上
看着来来往往的行人
怀里揣着炽爱的情人
她刚刚嫁给了别人

我看见 阿尔法罗在一页一页复习《追忆似水年华》
穿梭在宴饮的人群中
一一辨识他们的举止言行

我看见 马尔克斯手扶椅背 坐在空旷的屋子里
脸上是狡黠的微笑
刚刚才编了一个故事欺诳阿尔法罗
等着他勃然大怒地折回来砸门

我看见 茨威格决绝地回眸
他对绿蒂说 我先走了

然后毫不迟疑地拿起了药瓶 一饮而尽

我捧着他冰冻的心 哆嗦

……

我在这里左顾右盼 无所事事

我知道 无所事事毁了多少国王

和富庶的城市

我还知道 无所事事 使人类群星璀璨

我在路上

2018/2/14

我在路上
一直
流浪异乡
将要到达的
无非是另一个陌生的地方
等待我的依然是孤寂与寒凉
何时 如何
我才能回归本乡
谁会在那里
为我点亮一盏温暖的灯
照亮黑暗 焚尽寒凉
与我把手言欢 相看无厌

完整

2018/2/14

欣悦让我迎面撞上了笑颜
唯有悲伤
让我见到了喜乐的纵广深浅
原来我一直如此天真
以为它只有一个面
原来我一直如此薄脆
只想要它轻松愉快的那一点

生 命

2018/2/14

在阳光明媚的安逸中舒展
在风雨雷电中拔节洗礼
在逆顺交替中千姿百态地苍翠
会死去吗
不会 每一个刹那就是永恒
不会死去吗
会 静止不变即是终了

活得快乐

2018/2/14

是谁偷走了我的自由 从容 不羁和快乐
我要罚他用一个大脚趾踮立一个小时
分秒不到 不准下来

要想活得快乐
得长于非非之想
同时什么也不想

交 错

2018/2/15

你一向深信节制 理性
追求周全 平稳
易于他信 经验借鉴 凡事稳重
我从来桀骜不驯 率性
但循本心 天真
永远自信 行由内发 无视环境
我们都自信智慧 本真
所做无差 最上乘
偏偏是敌不过命运捉弄
天壤之别 两个极端
内外交攻敌四重
纵然是金风玉露相逢
怎交融

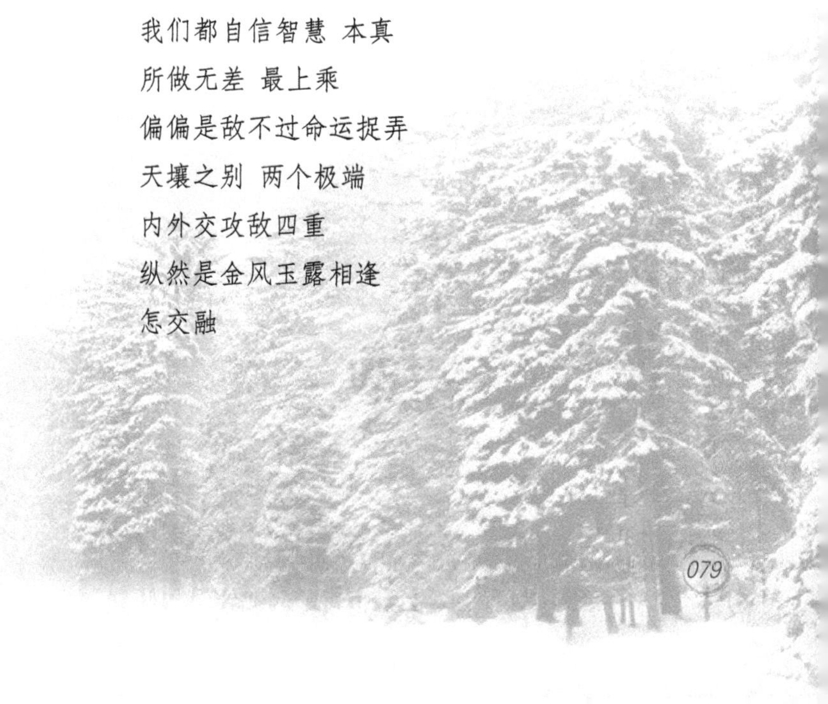

真相

2018/2/17

云淡风轻 只是忍耐的表象
若是完整呈现
众人都会吓坏
天下怎会有人如此疯狂

爱

2018/2/17

我的脚步轻盈 迅即
不 我不是用脚在丈量你我爱的里程
用风 我御风而行 燃烧生命
管它永恒 或是明灯
目标纯粹
亲爱的 你在则明 你去则暗
你来则生 不在则亡
一切如此简单 何须语言

我们是彼此的生命 爱欲 青春
存在的零零碎碎
无须一一分辨
只用珍惜 享受 挥霍无度

无 题

2018/2/19

渴望建立不朽的功勋
获得永恒的爱情
引领着人们超越凡俗
获得不死的长生
锤炼意志
赋予生活伟大的精神

我知道你在装睡

2018/2/20

我知道你在装睡
你想让我知道 我一个人时多彷徨
我知道你在装睡
你想让我知道 我无人可语时多孤单
我知道你在装睡
你想让我知道 我叫不醒你时多慌张
我知道你在装睡
你想让我知道 我没你这个玩伴多凄凉
……
赶紧睁开眼睛 张开双臂
揽我入怀 同入梦乡
你若继续装睡 我就打你三十大板
痛得你哇哇直喊

赋闲

2018/2/21

心满意足 四肢弦缓
香甜的睡眠
每一个细胞都在满足地微笑
在微雨滋润的春光里
慵懒斜倚闲翻书
看窗外车水马龙 人来人往
怎样的喧闹 都与我无关
我独爱这简单 纯粹 饱足的日子

迎面遇见的人

2018/2/26

一个人从东往西走
一个人由西向东行
相遇 相爱 相缠
如果一个人不改变方向
就只能擦肩而过

无冕之王

2018/2/27

创世结束 上帝赋闲 游戏赏玩
挑选一些无冕之王
让其心如赤子 慧如圣贤
言行乖张 非疯即狂
即便泄露天机 众生狐疑 迷茫纠缠
如此癫狂 是真是幻 孰能分辨
时间洗礼 后世评判 盛赞为王

排队 排队 现世有赏 重如皇冠
普鲁斯特 你窥尽心性
临了退场 猛扇死神一记耳光
赏你终生卧床 遥观生活 望洋兴叹

尼采 你胆大狂妄 判我死亡
赏你一世 分分秒秒 灵感迸发 炽如烈焰
昼夜不息 将你焚烧
师友尽去 病痛永世 与你为伴

斯莱特林 存在即是向我挑战
闲话少说 直接赏你一颗子弹

行赏至此 我心意突然柔软
马尔克斯 我让你现世 尊享殊荣
衣食住行全靠典当
盛名劫尽你的精力和时间
算我对你网开一面

等等 若是将来 众生不堪
谁还愿意供我把玩
投下诱饵

莎士比亚 歌德
你俩入住文学的奥林匹斯山上的神殿
还如宙斯 富贵荣华 健康安乐 无不顺畅
无数的傻子才会继续上当受骗
精神王国 长盛兴旺

生命的祭品

2018/2/27

刹那在眼前缓慢爬过
像蜗牛一样 身后拖着缓行的细微印痕
那可是时光的眼泪?

我在等待中开始写作
又在等待中结束
我走在归途 昂首
只为头颅与心灵呼应
不让泪水滑落

如果我没有至情至性去爱你
便只有快乐 没有忧伤
但这快乐是对生命的嘲弄

如果我没有至情至性去爱你
便不知道纯真的爱情和自由
原本只是生命的祭品

高高地供奉于神坛之上
供人瞻仰
而人们原本只想窥其模样
回家造仿 稀释 稀释 再稀释
只要有着类似的模样 气味
就是爱情 可以共枕而眠

傻瓜啊！纯粹的爱情和自由
人怎么受得起
奢侈的代价沉重
貌似才是恰恰好
祭品 原本就不该坠入红尘
结果只有灰头土脸 空手而回

怒放

2018/2/27

醒来 醒来
谁在耳畔 将你召唤

掀开寒冬厚重的覆盖
探出头来 天地之间生机无限
沐浴阳光的温暖
嗅着春风的蜜香
伸展严寒捆绑的手脚
长啸一声　怒放

怒放 才不负这一期一会的春光

怒放 不虑结果 不畏凋残
唯念有所保留 即是遗憾

怒放 制造风景 欣赏风景
才是此生的担当

怒放 鸟儿叽叽喳喳 为你呐喊
阳光雨露将你助长

怒放 天崩地裂
未来才能 笑着烟消云散
或者 在下一个寒冬沉睡酣畅

天气

2018/3/1

明净的天空
乌云越积越重
来一场大雨
然后 就能放晴

昼夜奔忙的人

2018/3/1

昼夜奔忙的人
你在追寻什么 或者
你被什么追寻
你闻言如梦初醒
无语 涕泪纵横
脚步仍无法停
你知 那是你来的因

不定的确定

2018/3/2

我喜欢 顺心随性
喜欢的事 就贪婪地做到餍足
讨厌的事 也追加到开始喜欢
痛苦的时候 放纵自己亲吻死神
怒火中烧时 旁观它焚毁一切
我不追求 一切时中 气定神闲
从不失去对自己的把控
我随它 无常不定
无度是我的度
不定是我的定

清 晨

2018/3/2

最爱 夜梦安乐 一觉到清晨
静静地躺着 眨巴双眼
时间踩着轻盈的舞步
嘀嗒 嘀嗒地前行
清洁的鸟鸣 纤尘不染
把空白握在手中
悠闲地把玩 品赏
在上面刻画些什么呢?
计划 猜测 犹豫 和毫不怀疑的惊喜
慢慢地开始喜欢 习惯 最后变得自然
莞尔翘起的嘴角 如同月牙儿
与永不停息的心念
构成了星光灿烂 静谧的夜晚

爱的模样

2018/3/2

爱 是苦痛伤悲的真相
死生契阔是其形状
纵然是进退两难
仍束心以待 不舍放

春 游

2018/3/24

小鸟们叽叽喳喳
商量着即将开始的春游
“我也要去！我也要去！”
“不行！不行！”
“你是人类，没有翅膀，无法同行！”
“你们瞧！你们瞧！”
我鼓动充盈的心灵
阔大的羽翼横空而出
小鸟们面面相觑 随即欢呼
我们迎风展翅 直上云霄

四月的柳絮

2018/4/1

四月的阳光下
漫天飞舞的柳絮
犹如一场温暖的春雪
去年的这个季节
我在某个梦里遇见了你
就像漫步在这柳絮春雪里
想念着你 一转身 就见到了你

四月的雨

2018/4/5

四月的雨 走走停停 蹦蹦跳跳
没有秋雨的哀怨缠绵
没有冬雨的肃杀空幻
不 冬天根本就不愿下雨
直接风雪冰霜 令人彻骨地寒
想想
四季的轮转 从未翻新模样
每个季节仿佛都将其他遗忘
生长 不是一个世界取代另一个世界
而是所有经历一一含藏
每一个轻盈都那么清明丰满
生命永无衰减消亡
我们一直都在生长
如这四月的雨 走走停停 蹦蹦跳跳
节律脉动 永远欢畅

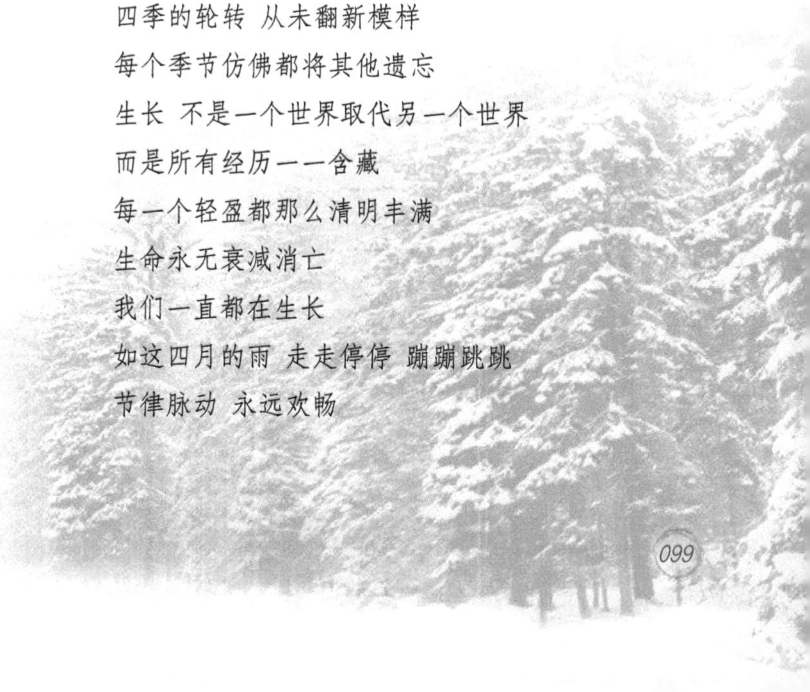

梦

2018/4/8

做一个梦 需要一个春秋
醒来时刚刚雨过天晴
阳光下 一个生机勃勃的新世界
耳畔的风声犹如梦呓
“我有诗偈无言辞” 的后面一句是什么？
现实跟梦幻一样醉人

寂

2018/4/9

汲汲名利 永无止境
是从未减缓 亦不消散的传染病
可还有撑伞漫步
或临窗听雨的闲人

请问 你是谁

2018/4/12

人迹罕至的沙漠里
我踯躅前行
你迎面走来
一步之遥 你静静地望着我
温煦地笑 似曾相识的眼神
请问 你是谁

横行霸道

2018/4/14

有人说我自私任性 横行霸道
这怎么可能 我又不是螃蟹
即使说上一千遍也没有人信
若果然如此 那也是应当

四月的柑橘花香

2018/4/14

四月的柑橘花香 令人忧伤
无意撞见
害我大病一场
形销骨立 心伤肠断
今年也就算了
来年 千万别再在我身边怒放

雨

2018/4/15

大雨沛然而至

无边无际

世界永远地沉没了

诗歌是什么

2018/4/15

诗歌是什么
诗歌就是一心一意 全心全意
对生命和语言念咒语

湖南的夏天

2018/4/22

湖南的夏天
上天突然性情大变
全然不顾什么老成持重
不怕什么晚节不保
好生之德 何如尽情恶作剧玩闹

今天晴天 把人放进热沙中翻炒
双手累了 锅铲一撂
瓢泼大雨 让人还魂
只是觉得脆嫩多汁 胜过干煸枯焦
时常懒惰 盖上盖子 焖蒸熟透
不见太阳 依然泗汗水流

谁若能够穿越湖南的夏天 毫发无伤
谁就能惬意地栖居在地球上任何一个地方

从今天起

2018/4/30

从今天起
早睡早起 按时作息
从今天起
游泳打球 热爱学习
从今天起
读书写作 停止淘气
从今天起
沉静缓言 不羁歇息
从今天起
慈悲喜舍 惜缘惜己

惩罚

2018/4/30

亚当夏娃偷吃了苹果 窥得天机
被罚去人世受苦受难 不离不弃
尘点劫里 实证爱与智慧
令人期待而又痛苦的惩罚
都是因为美丽的错误

流浪

2018/5/1

累月经年 我在森林中嬉戏贪玩
跟猴子一起晒过太阳
陪着小松鼠为越冬囤粮
拜访过小矮人共居的木屋
见过野狼的征战
发现了巫婆其实也是可爱的姑娘
我还一边吃草莓
一边欣赏过蚂蚁搬家的浩浩荡荡

每当夜幕降临 遥望星汉
我依稀记起了开满紫藤花的庭院
那里以各色的蔷薇为栏
种满了花叶不相见的彼岸
一到九月 满眼都是它花蕊柔嫩妖艳的怒放

我在森林中嬉戏贪玩
未曾留意我来时的舟楫渐渐朽烂

空中乌云密布才惊觉无遮无挡
贪玩无过是在异国他乡流浪
远离故土 没有亲眷
长病远行 饥寒困苦通体生疮
打造舟船 返归海洋
鼓翼振羽 冲上蓝天 飞回家园

衰老的白羊

2018/5/2

衰老好可怕
白纸黑字也治不了我的健忘
自由的白羊
开始需要尽责的牧羊犬时常汪汪
汪汪 记得明天要上班
汪汪 现在应该说晚安
汪汪 出门不能乱吃草
家里的才安全又环保
汪汪汪 来来来 看清楚 记住了
这是唯一一条回家的路
永远不要做迷途的羔羊

人类的灵魂

2018/5/4

除了佛经
我想得最多的
是马尔克斯的《霍乱时期的爱情》
我还只是有了自己的体认
他却已经描绘出了人类的共性
使用的语言和画面竟是如此的个人
他这一类人 是人类的灵魂

爱情肆虐了所有人

2018/5/5

爱情肆虐了所有人
情窦初开的少年
一看到心上人就口干舌燥 头脑成空
爱神一旦降临
成熟稳重的中年人
难以自持 心慌意乱 语无伦次
即便是已经一脚踏进坟墓的人
也会像患霍乱一样
高热灼烧 欲海浮沉
爱情肆虐了所有人
在巅峰之时要了人的命 也恩赐了新生命
爱情是人的本身

悬崖上的劲松

2018/5/5

一颗漂亮硕大的松果
长在松树东南面的枝头上
帅气的头颅高高挺昂
意欲亲吻蓝天
美好丰沛的阳光雨露总是第一个亲尝

松树越长越伟岸
松果越来越健壮
意气风发 志得意满
斗转星移 四季依次上场

就像晨曦的第一个亲吻一样
肃杀的寒风首次袭击了它 一击而中
风刀利刃干净利落地抹下了它美丽的颈脖
随手将它砸向对面的悬崖
恰恰掉进风蚀的浅坑中
蓬松的头发卡住了缝隙 无法动弹

高耸突兀的岩石
就像它从前生长的模样 高高在上 纤尘不染
美则美矣 但作为居所 实是贫寒

大雪纷飞 岩石陡峭 挂不住雪花分毫
透明的冰封却彻底 完全
松果不得不进入休眠
生活 过往有多美好 此时就有多凄惨

百千万劫的寒冰地狱 开始慢慢回暖
意识从麻木中渐渐苏醒
身上最后一块冰屑脱落时竟剥开了松果
猝不及防 松子被粗暴地抛入潮湿的春寒
根本不敢回望从前的养尊处优
一步一步沉入到现在的一无所有
地狱天宫 从来只是命运酒足饭饱后的游戏

闭了闭酸涩的眼睛
噙住即将夺眶而出的泪水
现在 该仔细地考虑生存了
没有土壤 风儿刮过 灰尘都不长留
我得在风力减弱时累积微尘 做我的土壤
从前有多富足 现在就有多贫乏
念兹在兹于收集土壤
松子反而发现了以前所不曾有的踏实

还有实实在在的乐观和悠闲
谁能像我这般完全地仰望星辰 俯瞰海洋
还有谁能像我这样无遮无拦地感受了风雨雷电 阳光雨露的完全
唯有上苍
匮乏是生命的动力
富足是懒惰的温床
欣赏风景 成了松子艰辛生存之余必不可少的休闲
每时每刻 外界都有变化
等等 我的腹中似乎也有异动
是什么在生长
在一个星光灿烂的夜晚
咔嚓一声 松子壳裂开了
这个破裂其实无声无息 松子听来却是惊天霹雳
松子低头一看 破裂处 一个白嫩的突起
这是我的脚 我的根
没有土地 我该把它伸向哪里 扎进哪里
松子慌乱极了
左边 右边 上面 下面 前方 后方
都没有土壤
怎么办 怎么办 我要死掉了
悬崖上的岩石 白天暴晒是酷暑 晚上是严寒
没有壳的保护 明晃晃的阳光如刀剑入体
松子一阵晕眩 恍惚 失去了知觉

不知过了多久 醒来！醒来！风儿在耳边轻唤
我还没死 我竟然还没死
松子一阵狂喜 虚弱无力却内发无限生机
它早已放弃像父辈一样正常生长的幻想
就那样伸出脚 再伸出几只来
尽量吸附在岩石上 哪怕上面毫无食粮
放缓呼吸 变得又深又长
抓住每一粒微尘 吸足甘露
放空身心 观想我是岩石 岩石即我身
奇迹出现了
第二天骄阳似火时都没有晕厥
白天烤得滚烫 晚上冻得哆嗦
却在生长 生长
贫瘠的岩石上 越伸越长 越长越粗壮
每长一丝都如万箭穿心
多活一秒都痛苦异常 却也欢喜无量
晕眩的时间越来越短
清醒的时候越来越长
生死的考量 初次 习惯 成为自然
往日的习惯开始慢慢恢复 欣赏风景
某天 一群鸟儿突然到访 啄得头皮直痒
摇摆的当儿惊讶地发现 根须已经完全覆盖了岩石
自己竟然郁郁苍苍 跟母亲一样
母亲的脚下竟然也是峭壁悬崖 毫无土壤
我竟然长得跟母亲一样

我竟然长得跟母亲一样
雄浑的声音在山谷里回荡
涛涛的松鸣原来不需要风力的助长
悬崖上的劲松益发舒展 意欲亲吻蓝天

我喜欢

2018/5/6

我喜欢你的眼神
世界消失 唯有我
我喜欢你横行霸道
彼此唯一 不纠葛
我喜欢你的朴拙
嘘寒问暖 爱生活

顽皮的孩子

2018/5/12

顽皮的孩子精力旺盛
肆无忌惮 玩闹 无遮无拦
从一个极端冲向另一个极端
快速 激情 心无旁骛 一往无前
生旦净末丑 一一闹个够
在无度中体认限度
精疲力竭 兴味全无时
宣告撒手

筑 梦

2018/5/16

如果我把梦想筑在太阳上
就会像凡·高 尼采 海子一样
被火热炙烤 非疯即亡
如果把梦想筑在月亮上
就会像嫦娥一样
百千万劫 寂寞 寒凉
如果把梦想筑在星星上
就会像流星一样 陨落成石 流变成光
那就不筑 将每一个腾升的梦想
当作体认现实的由头
一一发现 酸甜苦辣的八万四千种模样
啊　原来是这么个味道

美好的夏夜是什么模样

2018/5/16

美好的夏夜是什么模样
以大地为床
群星璀璨的夜空是帐
慈祥的蟋蟀整夜拉响警报
冒失鬼 站住 不得误闯梦乡

美好的夏夜是什么模样
像我们的祖先一样群居在森林里
将蚊子当作宠物家养
欢喜地接待打着灯笼的萤火虫随时到访
在静谧的时光里梦游
看着同样梦游人的痴傻憨态掩嘴窃笑

酷暑

2018/5/16

闷热的天气让皮肤脆弱 矫情
不洗粘腻 清洗又太干
麻衣太粗 棉布不爽 纸巾易烂
成片的痱子蔓延 又红又痒
恼羞得我想跟老天撕破脸面

嘘

2018/5/18

嘘 安静 安静
多大的脾气都得忍住
千万不要吱声
不能吵醒楼下的小孩
他若醒来 哭声惊天动地
你就别想安生 睡眠和好梦
只会片刻不得安宁

小蓝车和小黄车

2018/5/19

一辆小蓝车疾驰而来
老师急急赶往课堂
站住 门卫万德庄严
全校禁止小蓝车 只准小黄车
领导已拍板
掂解 掂解 师生一片哗然
小蓝车不收押金 一月 3 元
小黄车押金 99 咫尺先收 1 元

一辆小蓝车疾驰而来
学生急急飞奔课堂
站住 门卫手举禁牌 万德庄严

任你校庆千百万年
捐赠从此想都别想
学生纯真无邪 只念一即一切
忆我穷时 不济反劫断后缘

日后富可敌国与你何干
无心惠以真实之利
说爱无非多愁善感

狗狗吃食被烫

2018/5/21

食物刚刚出锅就盛入了食盘
狗狗欢喜地扑上去 就是一口
啊 哇呜 汪汪汪
谁如此大胆 竟然咬我
不是 不是 只是食物太烫
你敢咬我 我抓死你 抓死你
不用 不用 再烫的食物也会凉
还会有冰冻的时候呐
不信 过些时候 你且看

夜 晚

2018/5/21

夜晚 天地万物四肢弦缓
沉入深深的睡眠
偶尔的呢喃 也是口齿不清的梦呓
别去管白天打翻的牛奶
赶紧进入松弛的梦乡
睡得越深沉
白天就会精力越旺盛
再好好地把昨天的纷乱一一拾捡

诗 歌

2018/5/21

清风中 诗在悠闲地吟唱
我是生命的真相
谁若见过一次我的模样
就永远别想逃出我的魔掌

邪恶的生物

2018/5/22

这是一个匪夷所思的生物
过度的歇斯底里之后
疯狂和邪恶精疲力竭
被死亡胁迫慢慢平息下来
理性微微睁开双眼
意欲一一审视从前的荒谬
还没来得及看真切一件事
疯狂和邪恶再次开始复苏
渐渐变得元气满满
瞧 它们急于粉墨登场
再次发作 扫荡
唉 这是一个多么病态 变态 邪恶的生物

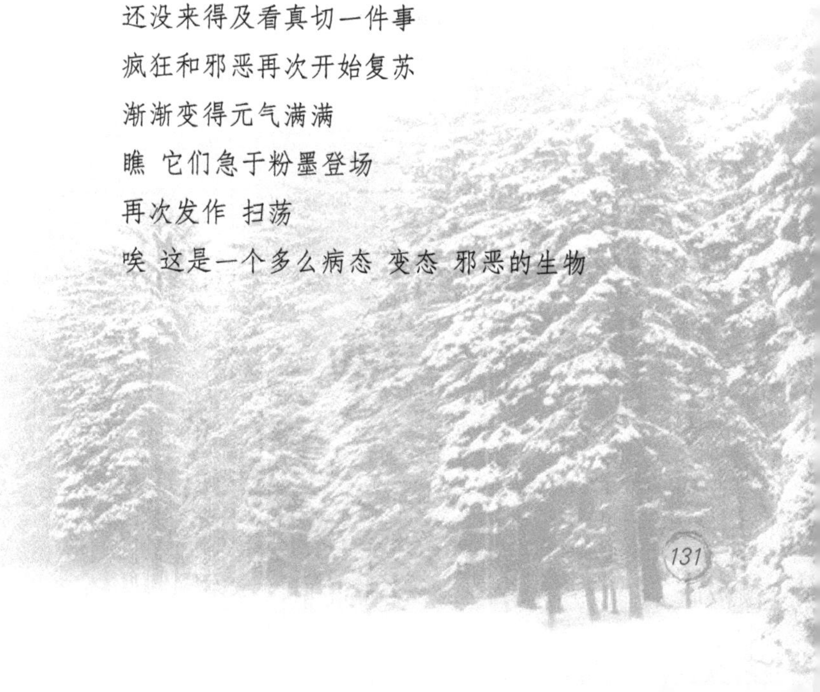

雨过天晴

2018/5/23

雨过天晴
世人匆忙
我亦未闲
不逐荣华富贵
不慕洪福齐天
只想在语言的王国里
调兵遣将 攻城略地 加冕称王

咏 诗

2018/5/27

诗歌是生命的密语
唯独赤诚的心灵能解悟吟唱

非凡时刻

2018/5/28

平庸的时光总是漫长
不是严霜 也是休眠
非凡的时刻 永远短暂
春花秋月 阳光灿烂
哪怕只有刹那
也能避免生命凋残

你望着我笑

2018/5/31

你望着我笑
羞涩 虔诚和欣悦
你望着我笑
世界消失了
唯有彼此凝望的双眼
和紧紧相拥的灵魂
你望着我笑
世界亮堂起来了
阳光明媚 生机无限
你在望着我笑

我是风

2018/6/2

我是风
无中生有 一往无前
可以消失 不会停留

信仰的缺陷

2018/6/2

信仰是一场精神的婚恋
它给了我终极的归宿
也给了我永远的约束
纵使怒火中烧
也不敢口出毒剑
憋得我苦不堪言

思 想

2018/6/3

思想是神的体液
它一旦在凡人的脉搏里鼓动
人就显现出神性
同时也彰显思想的特征——孤寂和寒冷

细嚼慢咽

2018/6/3

不同的食材
不同的工艺
同样的食材 工艺 不同的时空
不同的色香味
细嚼慢咽 食必甘味

医生说细嚼慢咽可助健康
其实只是知食之味

不是我的丛林

2018/6/3

我在林中穿行
郁郁葱葱繁花似锦
一阵风过 落英缤纷
美则美矣 奈何
不是我的丛林

生命是诗人

2018/6/3

生命是诗人
一睹真容就自然吟诵韵文

悟

2018/6/19

一无所有
便无得失喜泣
无地立锥
乃知虚空无极
离尘遁世
才能爱得真挚

休 眠

2018/6/23

严寒酷暑
诸事不宜
唯有休眠
以待精神明媚的春天

我在偌大的房间里走来走去

2018/6/23

我在偌大的房间里走来走去
时间在哪里 你在哪里
门外的声音可是你
侧耳倾听 无声无息
你从未曾来 亦永不再来

我在偌大的房间里走来走去
时间在哪里 你在哪里
身边弥漫的气息可是你
仔细品尝 了无踪迹
你从未曾来 亦永不存在

我在偌大的房间里走来走去
忘了时间 忘了你

我等的你永远不曾来

2018/6/23

我等的你永远不曾来
你是我的全世界
我在你的全世界之外
等待 绝望
我等的你永远不曾来

沉睡

2018/7/1

窗已紧闭
门也将缓缓地关上
狭小的缝隙里 透过一丝千年的夕阳
黑暗的屋子里 冰冷的床上 孤寂的梦里
我开始沉睡 是万年之久 还是刹那之间
我不知道
等某个人到
我就会自然而然地醒来

不 空

2018/7/1

太阳沉没
明月登场
太阳明月皆不现
天空中就群星璀璨

持冷

2018/7/7

在炽热与纷乱中 持冷
不沉沦 不飞扬
将你我之间的土地
一一丈量

云南差旅

2018/7/10

这次旅行已经给定
来一场艳遇慰我心劳形困
美景美食 我早已不动心
唯一所爱 万有之尊
换掉那个接送我的女生
送来一双阅读海洋的眼睛
令我一见倾心

小嫂得了癌症

2018/7/18

小嫂得了癌症
这不是死神的亲吻
只是它捎来的一封信
提醒嫂子人生苦短 来世不定
当得精进度世 以求长生
医生也说这个病轻
他本人终生与癌伉俪情深
时时如影随形 夜夜同床共枕
妻儿都不能比它更亲近

千言万语劝慰都没有用
惊惧 而不是理性
一把攫住了家人的心
父母兄妹恐慌
忘了当初小哥小嫂逃学的种种荒唐
小哥悲伤

不是忆起篮球场边那双痴迷爱恋的眼睛
小嫂若是扑进死神的怀抱
一双还不省事的儿子谁来牧养

四季的味道

2018/7/21

春天的味道是风给的
第一缕暖 泄露了冬天蹑手蹑脚退场的行踪
万物苏醒 第一丝欣喜
统统被风儿明察 传遍天下 分毫不差

夏天的味道是太阳给的
烈日炮制了一物一种浓烈粗暴得彻底
闭上眼睛 都能见尽大千的所有
无能藏积

秋天的味道是声音给的
春天的雀跃消失
夏天的烦躁平静
丰硕 沉甸甸 一言不发

冬天的味道是温度给的

羽毛飘荡在风中

一声叹息碎成了冰碴 坠落

大地打了个哆嗦 防不胜防

偶感

2018/7/22

追名逐利的人 居起不安 吵吵嚷嚷
烦不胜烦
精神空乏的人 东奔西走 喋喋不休
令人生厌
他们不去忏悔 虚掷了光阴
搅扰了他人
却责怪他人 不以为意 见如不见
何时才能觉悟
敏于事而慎于言 就有道而正焉

收获

2018/7/23

果子熟了 采摘
用竹编的篮子 小心盛装
不挑剔
歪瓜裂枣 也有它生长的故事
下种 抽芽 风吹雨打
开花 结果 蚊叮虫咬
每一丝酸甜苦辣 它一一历经
在冬日炉火边一一品尝
再用文字
悠闲述说它们的故事

世间繁华

2018/7/23

世间繁华 千万年
每天都沸沸扬扬
七情六欲从未消减
由头 是真有其事 还是遮人耳目的幌子
不管 不管 我也很忙
建造城堡的游戏 我一直在玩
我一个人就是全世界
增一个 减一个 都不干

起 床

2018/7/23

清晨醒来 半睁着眼

寻思问答 将文字百般调遣

百玩不厌

再磨蹭 不起床 就要饿扁

穷人的狂妄

2018/7/23

穷人出身 衣不蔽体
饥一顿 饱一餐
习惯成自然
一月若有 3000 洋
谁也不能把我怎样
上天入地任我疯狂

花儿凋残

2018/7/23

香气转淡 叶儿枯黄
花儿正在凋残 我见犹怜 难掩嗟叹
勿伤勿伤 我不恋生 不惧死亡
所谓凋残 不过是即将酣眠一场
醒来 又是一番灿烂

艳遇

2018/7/23

某次艳遇
他试探 你似乎对男人没兴趣
你咋知道
直觉
听说男人的直觉从来不准 果然
实话告诉你 除了思想 我只迷男人
每日参禅修炼 男人坐怀不乱
来个坐我心上 瞬间天下大乱
言下我未动 他大乱

喵呜！我生病了！

2018/7/31

得意忘形
全然忘掉 空调是我的死敌
空调一开 阎王爷的请柬来到
生猛老虎 刹那变成病猫
喵喵 声音弱得听不到
酷暑蒸笼 夏葛冬裘 统统上场
12 斤棉被 再来一床
哎呀 还是透心凉 哆嗦如筛糠
高烧 感冒 头裂骨软
你们跑错门了
去找 A
他健康强壮
不似我般扶风弱柳 一吹即倒
找 B 也好
他与感冒 缠绵数月
再多几天也不算增减
C 也可作 不二首选

过些时日 他们就赋闲
正好卧床不起 休息养病一肩挑
我若病愈 不怒不吵
藏起我的尖牙利爪
喵喵 我是一只文雅 安静的猫

暴食暴饮

2018/8/12

暴食暴饮 饕餮大餐
撑胀得麻木 瘫软 两眼发直
食时甘美 饱足可厌
三千年不要见色闻香 起心动念
唯一所欲 冬眠 冬眠

酷暑将尽

2018/8/17

酷暑将尽
风转动起来 带走了热浪
再下一阵雨 余温凝成水滴 复归大海
沉沉的午睡 久别重逢的舒畅 静静地回来
在这个万物生长的季节
我大怒了一回 又大病了一场 什么也没干
两手空空 拿什么去冬藏
那就用一条诫语
敏于事而讷于言 就有道而正焉
召唤下一个丰年
纵使见尽世间的荒唐
都要不怒不言 看着群魔狂欢 再坠入深渊
只管在风雨之中 肆意生长

意 外

2018/8/26

准备好的分离
一直陪伴到现在
计划好的未来从未到来
就成了永远无法修改的从前
满有把握的临时
成了毫无间断的永远
显而易见的枯败
如今一片繁花盛开

秋凉了

2018/8/26

秋凉了
暴烈了整个夏天的太阳
疲惫不堪 回家越来越早
耕耘的农人 收工却越来越晚
抹黑时分 田野里升起烟雾
晚风散漫
拂来野草和泥混合燃烧的焦香
收拾妥当 荷锄而归
薄雾笼罩处的屋子里
合口味的蔬饭早已上桌
等待他的
除了相伴一生的女人
还有辛勤劳作之后的休息
又一个丰硕愉悦的日子
轻轻地编织进了满脸的皱纹
突然有一天 他照见自己的脸

呀 我们竟然从稚气未脱
一起走到了鸡皮鹤发
经年累月就像才过了今天

争辩

2018/8/26

搬家偌长时间
主人都不收拾衣柜 任其凌乱
一天 衣服集体反叛 质问主人
你何时整理衣橱
我们为你遮羞 使你盛装
给你保暖 令你清凉
夏葛冬裘 都有尊严
东倒西歪 令我难堪
主人争辩 最近真是忙乱 手又受伤
过些时日 一定还你光鲜明亮
所有衣服站起来 怒目而视
你最可恶的 还不是懒
而是好行小慧 善于争辩
忍耐有限 你偏巧言令色 给人考验
福报有量 不惜无缘
言罢双目如炬 腾起熊熊火焰

顷刻之间 所有衣服烟消云散
主人此后丝缕难求
寒来暑往 赤条条 春秋精光

秋日的离歌

2018/8/28

萧瑟的秋风 送来彻骨的寒
朝思暮想的人儿 一去不复返
迟归的人 已断肠
离歌在冷雨中轻吟浅唱
步履蹒跚 犹如醉汉

哀叹

2018/8/29

A：你的名字
不能随意说的
我偷偷告诉路边的一只云雀
云雀听闻 发出一声 温柔的啼鸣

B：那柔声的啼鸣是哀叹
可怜的人儿啊
我每次经过这里
都有一个痴迷的男子
像你一样 欣喜若狂
炽情在内心 像珍宝一样深藏
那流溢出来的
便是这一声低喃 她的名字
我早就知道
她有绝世的美貌
无双的才华
和毒辣的手腕

可怜的人儿啊
等待你的
不是令你神魂颠倒的 美梦成真 玉人入怀
而是让人不忍睹见的 良缘星散 肝肠寸断

刚刚好

2018/9/2

今天的风雨阳光刚刚好
今天的饮食起居刚刚好
今天的忙碌闲暇刚刚好
今天的语默动静刚刚好
今天的幸福缺憾刚刚好
今天的你 勤劳 踏实 沉静 谦恭刚刚好
今天的一切 无欠无余 刚刚好

呓语

2018/9/7

A：风明明只是
无事路经
却倾斜了雨的腰身

B：错！错！错！
好一个不负责任
若非风的煽动
雨何曾随意出门？！

袜子山

2018/9/17

秋凉 微雨
没有一双干净袜子可穿了
日晒雨淋的阳台上
穿过的袜子堆成山
从去年的初秋
一天一双 开始筑山
洁癖 不过夜的清洁是它们的本性
智慧 耐力是它们的特征
它们随我从教案 论文 课题 表格
这一座座的山中跋涉 早出晚归
等到最后一双袜子爬上山巅时
夏天到了
它们一起 静静地赏过了秋月 熬过了严寒
闻过了春花 历经了酷暑
前面的大山心急火燎 颐指气使
一一碎为了微尘 永不再来

唯独它们不骄不躁 安如磐石
在下一个初秋被仔细清洁
重新开始 垒土筑山

后 记

在野草一般生长的岁月中，我越来越确认，个人就像一个地球仪，偶遇的那些知音知己只是这个地球仪上某一条经线或纬线，只能在某时某处产生共鸣。即便在某个事件上他人能感同身受，事实上，这感同身受是如此的迥异。每个人在自己的世界里惊天动地，他人却浑然不觉。个人都是独生独死、独去独来，无谁与共，无人能代。人的孤独与寂寞是绝对的，而我是如此的不甘寂寞。幼时，我便从内心深处生出一个我，旁观与陪伴这个行走在尘世的我。她与我如此亲密，几乎无人能打扰隔阻。这些诗歌是她与我在生活中遇境逢缘时一唱一和的游戏。偶尔也会拿给师友们看，相互取笑作乐。我既没有专业学习过语言，也没有专门研习过诗歌，纯然地视诗歌为生命的体认。它们是命运馈赠的只能接受、无法退还的礼物，不期而至，素朴地记录了我生命中的每一次脉动。当喜怒哀乐达至极致时，语言文字自然盈溢而出，它们命令我的双手记录。后来又在朋友的撺掇之下整理汇集。它们是不是专业人士眼中的诗歌，这既不确定，也不重要。唯一能确定且重要的是，它们是我的生命在某些时刻真实、完满的存在。诗集的东风是龙献忠校长的慷慨资助。这不闲的闲钱，在阒寂里吟诵着一位学者对生命和大学的解悟与坚守。